BIBLIOTHÈQUE

CHRÉTIENNE ET MORALE

APPROUVÉE

PAR MONSEIGNEUR L'ÉVÊQUE DE LIMOGES.

Tout exemplaire qui ne sera pas
revêtu de notre griffe sera réputé
contrefait et poursuivi conformé-
ment aux lois.

LA CURIOSITÉ PUNIE

LA CURIOSITÉ PUNIE

LIMOGES

BARBOU FRÈRES, IMPRIMEURS-LIBRAIRES

CURIOSITÉ PUNIE.

—

I

En 1812, à l'époque de la guerre désastreuse de Russie, M. Merville, officier militaire, fut obligé de suivre son régiment, qui faisait partie de cette trop fameuse et trop célèbre expédition.

Il quitta sa femme et ses deux filles avec le plus vif regret, et le funeste pressentiment qu'il ne les reverrait plus : pressentiment qui se justifia, car, ainsi que d'autres braves, il perdit la vie dans cette contrée lointaine, et sous un climat des plus rigoureux.

La mort de M. Merville plongea toute sa famille dans la plus grande affliction, surtout sa femme et ses deux enfants, qui furent longtemps sans pouvoir se consoler de la perte irréparable qu'elles avaient faite.

Toute la fortune de madame Merville consistait en quelques capitaux, fruit d'une sage économie, et une belle maison située dans un des plus agréables quartiers de Paris.

Madame Merville, n'ayant plus de ressource du côté de son mari, et pensant que l'éducation de ses filles, qui commençaient à grandir, lui coûterait plus que par le passé, se décida à prendre des locataires, ne se réservant que ce qui lui était absolument indispensable.

Cet arrangement fait, elle prit un maître de dessin pour ses filles, puis elle se chargea de leur enseigner elle-même tout ce qui était nécessaire à leur instruction.

Claire et Cécile répondaient avec zèle aux vœux de leur mère, en s'acquittant chaque jour de leurs petits devoirs avec la plus grande exactitude.

Ce qui était surtout un sujet de consolation pour madame Merville, c'était la bonne intelligence qui régnait entre elles. Toujours bonnes et complaisantes l'une pour l'autre, on ne les entendait jamais dire la moindre parole disgracieuse.

II

Jusque-là tout allait bien : mais peu à peu il vint à se développer dans l'esprit de Cécile un genre de curiosité qui devint alarmant ; je veux parler de cette curiosité qui décèle ordinairement une bassesse de caractère, et qui rend méprisable ceux qui s'en font un plaisir et une habiude.

S'il venait quelque amie de madame Merville lui rendre visite, la petite rusée feignait d'être occupée très-attentivement de ce qu'elle avait à faire; mais elle prêtait si bien l'oreille, qu'elle ne perdait pas un mot de ce que l'on disait, eût-on parlé à voix basse.

Souvent on l'avait trouvée sur la pointe du pied écoutant à la porte des locataires, ce qui en obligea plusieurs à quitter leurs appartements. Cécile en fut plusieurs fois sévèrement réprimandée ; et sa maman l'assura que, si elle ne se corrigeait de cet odieux défaut, elle l'éloignerait de sa maison jusqu'à ce qu'elle eût fait de sérieuses réflexions sur les malheurs qu'entraîne presque toujours la curiosité.

Claire lui disait souvent : « Dis-moi donc, ma chère Cécile, quel plaisir tu peux trouver à te tourmenter pour savoir les affaires des unes et des autres ? Je t'assure que je ne saurais concevoir quel intérêt tu peux prendre à ce qui ne te regarde pas.

» Cela m'amuse, répondait Cécile ; et quand j'ai surpris un secret, surtout quand on semble se défier de moi, je suis enchantée de le dire à tout le monde. »

» Mais ma bonne petite sœur, tu ne sais donc pas que tu peux causer de funestes événements avec ce plaisir là ! Je te conjure d'y faire attention. »

« Eh bien ! parce que tu as quatre ans de plus que moi, ne

vas-tu pas me faire la morale ?
Au lieu de me faire un sermon,
écoute ce que je vais te dire :

« Je suis au courant d'une
grande affaire, dit Cécile prenant
un air mystérieux, je gage que tu
ne la devines pas. »

« Peu m'importe, répondit
Claire; je ne suis point curieuse. »

« C'est égal : je veux que tu le
saches. Puis elle se mit à dire

bien vite, afin que sa sœur n'eût pas le temps de l'interrompre : Alphonse est revenu, il a déserté ; je l'ai vu et entendu chez sa mère, où il est caché. »

La mère d'Alphonse était une veuve qui n'avait d'autre espoir qu'en ce fils ; il avait déserté, ne pouvant soutenir l'idée que sa mère se trouvait, par son absence, dans le plus grand abandon. Depuis quelques jours il était revenu, et travaillait à la peinture, caché dans un cabinet.

« Malheureuse ! qu'as-tu fait ! l'as tu dit à quelqu'un ?

« Je ne l'ai dit qu'à deux personnes et à la portière ; mais celle-ci en vaut bien quatre. »

« Il est perdu, dit Claire à elle-même ; il sera sûrement dénoncé avant peu, car le secret est entre bonnes mains. Pauvre Alphonse, que ne puis-je retenir toutes leurs langues ! »

Comme elle se disposait à aller parler à sa mère, pour remédier à l'indiscrétion de sa sœur, s'il en était encore temps, on entendit un grand bruit dans l'escalier, et ces cris déchirants : « Mon fils ! laissez-moi mon fils !

Les deux sœurs sortent de leur cabinet d'étude ; tous les voisins accourent, et l'on voit le pauvre

Alphonse, les mains serrées de cordes, entraîné par les gendarmes, et sa mère, la chevelure en désordre, dans un désespoir frénétique , faire d'inutiles efforts pour le retenir.

Malgré ce travers, Cécile avait le cœur bon ; elle s'attendrit sur le sort du malheureux Alphonse : et, ne pouvant supporter le triste spectacle de cette scène de douleur, elle se retira promptement chez elle.

Madame Merville, ignorant ce qu'avait fait Cécile dans cette fâcheuse circonstance, en fut instruite par sa fille aînée, qui ne pouvait le lui laisser ignorer plus longtemps, vu que d'autres personnes le lui auraient bientôt appris sans aucun ménagement.

Vous concevez, mes enfants, quels furent les reproches que la petite curieuse eut à essuyer de la part de sa mère, qui fut obligée de la mettre dans une pension de province afin de la soustraire à la vengeance de la mère d'Alphonse, qui l'avait menacée de lui faire payer cher la liberté de son fils.

III

Ce triste événement ne corri-
gea Cécile qu'à demi. Elle avait
pris sur elle de ne plus révéler ce

que sa curiosité lui ferait découvrir ; mais elle continua d'épier
les actions des autres, jusqu'à ce
qu'elle fut elle-même victime de
son détestable défaut.

Sa curiosité fut bientôt connue
de toutes les personnes qui faisaient partie du pensionnat où sa
mère l'avait placée. Pour la con-
trarier, ses compagnes prenaient
un malin plaisir à se cacher d'elle
jusque dans les plus petites cho-

ses. Dès qu'elle s'approchait de leur groupe, elles se faisaient des signes d'intelligence, se mettaient un doigt sur la bouche, comme pour se recommander le silence.

Un jour plusieurs d'entre elles s'étaient renfermées dans une chambre pour travailler à un ouvrage de tapisserie qu'elles destinaient pour leur maîtresse, et qu'elles ne voulaient pas montrer à Cécile; celle-ci, comme à son ordinaire, cherche à découvrir où elles sont et à quoi elles s'occupent. Ayant découvert le lieu de leur retraite, elle va écouter à la porte; elle veut aussi savoir ce qui se passe, et pour cela elle applique un œil sur le trou de la serrure.

Une petite étourdie de pensionnaire, s'en apercevant, se glisse à l'un des côtés de la porte, sans prévenir les autres de son dessein, et, tenant un poinçon qui lui servait à sa broderie, elle l'introduit si juste dans l'ouverture par où regardait Cécile, qu'elle lui crève l'œil droit. Elle croyait faire une simple gentillesse, une plaisanterie et faire peur à la curieuse, mais cette plaisanterie et cette gentillesse se changèrent en de vifs regrets qui lui firent déplorer toute sa vie d'être la cause de l'infirmité de sa compagne.

Madame Merville, apprenant ce triste accident, rappela sa fille auprès d'elle pour la faire traiter. On fit tous les remèdes imaginables, tout fut inutile, elle resta borgne et laide par la difformité de son œil malade, qui grossit beaucoup, ce qui forma un contraste très-désagréable avec l'autre.

Cette fois Cécile fut tout à fait corrigée; mais à quel prix? Vous penserez avec moi, mes enfants, que la dernière leçon lui a coûté bien cher.

Elle se réconcilia avec la mère d'Alphonse, et fit tout son possible, ainsi que l'avaient fait sa mère et sa sœur pendant son absence, pour lui être utile et agréable. Enfin elle se conduisit avec tant de délicatesse dans ses

procédés envers madame Duchamps, que cette pauvre mère
oublia qu'elle l'avait privée de
son fils.

IV

Madame Duchamps recevait souvent des nouvelles d'Alphon-se, qui avait rejoint ses drapeaux aussitôt qu'il fut séparé de sa mère. Un beau jour de premier janvier elle reçut pour ses étrennes une lettre qui lui annonçait que son fils avait été promu au grade de capitaine et décoré de la croix d'honneur.

« Eh bien ! lui dit Cécile en apprenant cette bonne nouvelle, si je vous ai fait du mal, je suis cause d'un peu de bien ; permettez-moi de vous en féliciter. »

Madame Duchamps l'embrassa en lui disant : « Ma chère enfant, je n'y pense plus; on pardonne de bon cœur quand on est heureux. »

Trois mois après, Alphonse reçut une légère blessure qui lui valut son congé; il revint bien content auprès de sa mère, qui lui laissait toujours ignorer l'indiscrétion de Cécile.

Il reprit ses pinceaux, et de-

vint un peintre habile. Ayant re-
marqué la bonne éducation et
l'amabilité de Claire, il pria madame Merville de lui accorder sa
main, qui ne lui fut pas refusée.

Quant à Cécile, son fâcheux
accident l'avait tellement défigu-
rée, que personne ne pensa à l'é-
pouser. Le souvenir de tout ce
qui lui était arrivé la rendit
triste et mélancolique ; quoi-
qu'elle fût corrigée, elle ne pou-

vait s'empêcher de se faire des reproches.

Tels furent les résultats de son indiscrète curiosité.

ESPIÈGLERIES
DE LA PETITE BERTHE

I

Dans une belle campagne, près de Paris, entourée de jolis bois, de belles pièces d'eau et de beaux jardins, demeurait, depuis deux ans, madame Germeuil, jeune veuve pleine de grâces, de talents et de vertus. Elle quitta la ville, lorsqu'elle eut le malheur de perdre son époux, pour se consacrer tout entière à l'éducation de sa jolie petite Berthe, qui était si gentille et si aimable qu'on ne pouvait s'empêcher de l'aimer.

Madame Germeuil avait le

bonheur d'avoir sa mère et de vivre avec elle. Madame Granville la secondait parfaitement dans les soins que demandait l'éducation de Berthe. Cette bonne maman idolâtrait sa petite fille sans la gâter : mais la petite rusée s'apercevait bien du faible qu'on avait pour elle, car elle en abusait quelquefois.

Cette jolie petite enfant aimait à faire des espiègleries : par exemple, elle prenait plaisir à cacher les lunettes de sa grand'-mère, et lorsqu'elle la voyait bien occupée à les chercher, elle les mettait sur son nez, et allait dire à madame Granville, en la regardant le plus près qu'il lui était possible : Bonjour, bonne maman, voulez-vous bien m'embrasser ?

La bonne maman se fâchait un peu ; Berthe la caressait, la paix était aussitôt faite; et Berthe, en recevant un tendre baiser, recevait aussi du bonbon. Mais la petite maman grondait pour tout de bon, et n'entendait pas qu'une enfant s'amusât des personnes qu'elle devait respecter. Notre petite espiègle, voyant qu'elle ne pouvait plus s'amuser aux dépens de la bonne maman, entreprit de le faire avec sa bonne; elle s'avisa de lui cacher tout ce qu'elle pouvait attraper, comme son dé, ses ciseaux, son ouvrage, etc.; ce qui lui faisait perdre beaucoup de temps. La bonne s'en plaignit à madame Germeuil, et il fut expressément défendu à mademoiselle Berthe de ne plus rien cacher de personne.

Ha! ah! se dit-elle à elle-même, puisqu'on ne veut pas me laisser amuser à ma fantaisie, je leur préparerai un bon tour : je me cacherai moi-même, et je les ferai chercher tous à la fois. Oh ! ce sera bien drôle ! comme je vais rire !

Quelques jours après, notre étourdie, ayant trouvé l'occasion d'exécuter son projet, ne manqua pas son coup.

II

Une petite partie du château qu'habitait madame Germeuil n'était pas occupée : cependant il s'y trouvait une vaste pièce dont on avait fait un garde-meuble. On y déposait, depuis plusieurs siècles, tous les meubles de rebut, il y avait même de vieux tableaux et de vieilles tapisseries qui en ornaient les murs.

Berthe s'imagina qu'elle s'amuserait beaucoup à voir les sujets de ces tableaux (ce qu'elle appelait des bons hommes), pendant qu'on la chercherait ; et, sans penser aux suites de son équipée, elle se glisse comme une ombre le long des corridors et des galeries qui conduisent au garde-meuble.

Quel bonheur pour Berthe! la porte en était ouverte; on avait oublié d'en ôter la clef. Elle entre, bien contente de son aventure; mais à peine est-elle au milieu de de la pièce, qu'ells entend marcher quelqu'un, et, de peur d'être vue, et d'être ramenée à sa mère, -elle se cache derrière une tapisserie.

Que fera-t-elle donc seule dans ce vieux garde-meuble, retraite ordinaire des hiboux et des chauves-souris, vis-à-vis des tableaux et des tapisseries, dont les personnages commencent à lui présenter des fantômes.

Derrière ces tableaux et ces tapisseries il passait de gros rats

qui leur donnaient du mouve-
ment. Berthe s'imaginait alors
que les personnages qui étaient
peints se détachaient de leur toile
pour venir à elle.

Hélas ! disait-elle toute trem-
blante, la peur que j'ai voulu faire
aux autres retombe sur moi : le
bon Dieu me punit.

Il y avait deux heures qu'elle
était là; la nuit commençait à
obscurcir tous les coins du garde-

meuble ; elle allait bientôt se trouver dans les plus profondes ténèbres.

Sa frayeur augmentait à chaque instant, et, pour comble de malheur, un vent impétueux vint à souffler de manière à épouvanter les plus hardis ; en passant par les galeries et les ouvertures de vieilles portes, il produisait quelquefois un bruit qui ressemblait aux hurlements des loups.

Malgré sa peur, Berthe se mit à réfléchir que, si on ne devinait pas où elle était, elle courait grand risque d'y passer la nuit, ou peut-être plusieurs jours, jusqu'à ce qu'enfin on eût besoin d'y venir, qu'elle y mourrait peut-être de faim et de froid. Elle pensa encore que sa grand'maman et sa mère devaient être dans une bien grande inquiétude, et qu'elle allait leur causer beaucoup de chagrin. Hélas ! disait-elle en pleurant, je puis mourir ici ; et jamais plus, ah ! jamais plus, je n'embrasserai ma pauvre maman.

Elle se mit à genoux, et demanda avec ferveur la grâce de bientôt sortir de ce lieu de terreur.

Après avoir prié, elle se sentit plus courageuse ; elle se lève, espérant se faire entendre à force de crier ; la pauvre enfant appelait sa maman, sa bonne maman, toutes les personnes de la maison, lues unes après les autres. Lorsqu'elle était lasse, elle se reposait un moment, puis elle recommençait ; mais cette pièce était si éloignée du reste de l'habitation de madame Germeuil, qu'il lui fut impossible de se faire entendre ; d'ailleurs il était nuit, toutes les portes étaient fermées, et le vent emportait sa faible voix.

Enfin, épuisée à force de crier, grelottant de froid, mourant de faim et de peur, elle se blottit dans un coin, derrière la porte, agitée par un commencement de fièvre, et n'en pouvant plus.

III

Pendant ce temps-là, madame Germeuil se désespérait
d'avoir perdu sa fille, elle allait,

venait, courait, ainsi que tous les domestiques, de tous les côtés ; on avait battu le bois à la lueur des torches, on avait sondé le canal dans tous les sens ; on chercha même dans les puits et même dans les fontaines.

La mère de Berthe ne savait plus que devenir, quand il lui vint dans l'idée qu'on n'avait pas visité les greniers ; elle prend un flambeau, tout le monde la suit.

On cherche d'abord du côté habité, puis de celui où était le garde-meuble

En montant un escalier, il lui semble entendre quelque chose ; elle s'arrête, recommande le silence ; tout le monde écoute : on entend des gémissements.

C'est ma fille ! c'est ma fille ! s'écrie-t-elle ; ouvrez vite. On ouvre, on entre, en tumulte, on trouve étendue par terre la pauvre petite Berthe, dans le délire de la fièvre, croyant toujours voir les vilains tableaux, et entendre les personnages marcher pour la prendre. Lorsqu'on s'empressa de la relever, elle se mit à crier : Ah ! messieurs les fantômes, ayez pitié de moi, je ne me cacherai plus.

Madame Germeuil la couvrait de baisers et dit : regarde-moi,

Berthe : je ne suis pas un fantôme je suis ta maman.

Lorsqu'elle eut reconnu que c'était sa mère, elle crocheta ses bras autour de son cou en lui disant : Oh ! jamais plus je ne te quitterai ; pardonne-moi tout le chagrin que je t'ai donné ; pauvre petite maman , je croyais mourir sans te revoir !

—

APOLOGUE

TRADUIT DE L'ANGLAIS.

—

Travail, fils du besoin, père
de Santé et de Satisfaction, vivait
avec ses deux filles dans un petit

domaine, sur le penchant d'une montagne fort éloignée de la ville. Ils n'avaient aucun commerce avec les grands, et ne voulaient d'autre compagnie que celle des villageois leurs voisins. Désir leur vint de voir le monde. Quittant alors leurs compagnons et leur cabane, ils se mirent en chemin. Travail marchait, ayant à sa droite sa fille Santé, qui, par l'enjoûment de sa conversation, son chant et sa gaîté, charmait les peines de la route. Satisfaction, à la gauche, soutenait les pas de son père, et, par sa bonne humeur, enchérissait sur la vivacité de sa sœur.

Après avoir ainsi traversé les forêts, les villes et les villages, ils arrivèrent à la capitale du royaume. A leur entrée dans cette grande ville, Travail conjura ses filles de ne point le perdre de vue, car, tel est, dit-il, l'ordre de Jupiter, que notre séparation fera notre ruine à tous trois. Mais Santé était trop vive pour écouter cet avis paternel. Elle se laissa séduire par le Libertinage, et périt bientôt. Satisfaction, séparée de sa sœur, se livra aux attraits du Repos, ennemi de son père, et l'on n'entendit plus parler d'elle. Travail, qui ne pouvait goûter de plaisir sans ses filles, erra de tous côtés pour les trouver. Il fut, dans sa course, saisi par Lassitude, et mourut dans la misère.

LIMOGES. — IMPRIMERIE DE BARBOU FRÈRES.